나는 섯을 따라갔다

유안

숨나무

저자 소개

작가 유안

낮과 밤 사이, 해와 달이 사라졌다 나타나는 사이, 변하기 쉬운 세상 속에서 변치 않는 것을 찾는다. 영원한 의미가 담긴 순간, 그 속에 눈부신 푸른빛을 찾아 헤맨다. 내 마음을 열고 현재를 간직하며, 지나간 물이 흐르는 강가에 맞닿는다. 해와 달이 그려준 빛들은 앞으로 나아가는 길에도 항상 나와 함께할 것이다.

2023.11
시집 <소중하지 않은 적이 없었다> 공동집필 출간
2024.02
에세이 <유쾌한 고독> 출간

저자소개
목차

아름다운 것을 따라갔다

I 같은 달을 보고 있는 당신에게

II 난 당신이 필요해요

저자의 말

Ⅰ

같은 달을 보고 있는 당신에게

바람이 창문을 두드렸다

창문을 열었다. 거세고 찬 바람이 나를 감싼다. 나는 바람을 따뜻하게 안는다. 내 온기가 그에게 전달되기를 바라며, 너의 거센 것들이 나로 인해 부드러워질 수 있기를 바라며, 나는 아주 잘 있으니 걱정하지 않길 바라며, 그래도 가끔은 이렇게라도 찾아와 주길 바라며.

하늘

너는 이렇게 큰데 손으로 잡을 수 없다. 아무리 높은 곳으로 올라가도 너를 잡을 수 없다. 그렇다고 슬퍼하지 않았으면 한다. 순수가 섞인 하늘엔 태양이 뛰어 놀고, 고독이 섞인 하늘엔 달의 쉼이 된다. 너는 그렇게 누군가에겐 희망과 열정을 주고, 누군가에겐 영감을 주고, 친구가 되어준다.

너를 미워하는 사람은 아무도 없다. 다들 힘들 때나 좋을 때나 하늘을 보지 않는가. 그러니 외로워하지 않았으면 좋겠다.

슬픔이 나뭇가지에 달려있다

새벽부터 비가 왔다. 오전이 되어서야 비가 그쳤다. 창문 밖에 있는 빈 나뭇가지에 수만 개의 빗방울이 대롱대롱 매달려 있다. 그 모습이 마치 내 눈에 맺힌 눈물 같았다. 언제라도 떨어지는 게 당연할 정도로 많이도 맺혔다. 이상하게 시간이 지나도 절대로 떨어지지 않는다. 저 상태로 그냥 말라가는 것일까. 내 눈물도 그랬으면 좋을 텐데. 내 눈물은 맺혔다 싶으면 바로 떨어진다. 한참을 잠에 빠지다 일어났다. 커튼을 치니 아직도 빗방울이 달려 있다. 너의 눈물은 아직도 메마르지 않았구나. 너의 슬픔은 아직도 가시질 않았구나.

깊은 새벽

어두운 침묵 속 바깥세상에는 별빛이 차갑고 달빛은 고요하다. 이불 속의 안락함 속에서도 내 마음은 무엇인가를 찾는 방황으로 가득 차 있다. 이 새벽이 언제 지나갈지, 아침이 언제 올지. 두 눈을 감으면 푸른 밤이 그려지고 웃는 너의 얼굴이 날 조용히 울린다. 네가 오면 잠들지 못한다. 자꾸만 너만 보여 그리다 밤을 샌다. 너는 항상 그렇게 나를 찾아와 슬프도록 행복하게 한다.

산책

너무나도 눈부신 날, 한강변을 걸었다. 내 눈에 닿는 햇빛이 강해서 하늘을 쳐다볼 수가 없었다. 하늘 보기를 포기하고 한강을 보았다. 빛과 그림자가 물결 위로 춤을 춘다. 반짝이는 물결을 보며 걸었다. 나를 계속 따라오는 빛의 물결은 외로운 나를 위로해 주는 누군가의 선물 같았다. 몇 킬로를 걸었을까. 계속 곁에 있는 빛의 물결과 함께하고 싶어 걷다 멈추고 걷다 멈추고를 반복했다. 그 선물이 반짝하고 사라지지 않길 바라며 내 마음에 담아 두었다

낙하

소리를 잃은 새가 그늘 속에서 숨죽여 있다
날갯짓하는 법조차 잊어버린 새는
그림자 속에서 먼 하늘을 바라본다

어둠 안의 침묵의 안식처
미묘한 햇살 사이로 번져가는 눈물의 무늬
이 고요한 숲 속에서 토해내고 있다

하늘을 잃은 새의 노래는 어디에도 닿지 않고
저 멀리 끝자락에서 조용히 맺힌 눈물로
저녁빛 속에서 마지막 인사를 건넨다

그림자

안개 속에 아득하고 희미해져
악몽처럼 끝없이 이어져
내 호흡을 가빠지게 만든다

날마다 되풀이되는 이 어둠에서
계속해서 달리고 있다.
제자리걸음인지도 모른 채

어지러운 감정의 파편들을 밟으며
무엇을 그리워하고
무엇을 바라는지도 모른 채

아름다운 것을 따라갔다

초록 이파리 바다에
윤슬이 비친 듯
살랑살랑 인사를 한다

바람에 휘날리며 흔들거리는
나뭇가지에 달린 이파리들이
아름다움을 뽐내고 있다

너무나 눈이 부셔
눈이 멀어질 것만 같다
그렇게 나를 찾아왔다

이것 좀 보라고
난 반짝이고 있다고

이 높은 곳에서 함께 빛을 받는 사람이 되자고

나는 눈을 감으면서

조심스럽게 한 발 한 발 다가간다

이제 더 이상 눈이 부시지 않는다

빛을 바라볼 수 있게 되었다

고요한 빛의 속삭임

어두운 공기가 좋다 그 속에 숨 쉬는
비스듬히 나오려는 흰 것들
그것들이 너무 예뻐서 눈길을 사로잡는
무엇이든 상관없다 그저 아름다울 뿐

깊은 밤의 고요함 속에서
작은 빛들이 반짝이며 춤추듯
어둠을 배경으로 빛나는 황홀함
그 대조가 주는 눈부신 순간

별빛, 눈송이, 달빛의 조각들
어두운 하늘을 캔버스 삼아
그들의 존재는 더 선명해지고
그 속에서 우리는 아름다움을 찾는다

어둠과 빛의 조화 그 경계에서
발견한 평온함 마음을 감싸는
아무것도 상관없다 그저
그 순간의 아름다움에 나를 맡긴다

어둠 속에 숨은 빛 그것은
우리의 마음에 스며드는 희망
어두운 공기가 좋다 그 속에서
빛나는 모든 것들이 너무 예뻐서

연주

어둠을 타고 네가 내게 와
손끝을 읊조리는 밤의 고백을 부른다
차분한 바람이 되어
네 숨결로 나를 채워준다

그윽한 시선 아래, 조용히
우리만의 언어로 속삭이듯
조심스레 감싼 욕망의 리듬이
이 밤을 천천히 풀어헤치듯

달빛 아래, 부드럽게 떨리는
네 손의 온기가 나를 어루만지며
가슴 속 깊은 곳의 멜로디를
살며시 깨워준다

너와 나, 이어진 순간

눈을 감고 느끼는 네 체온의 진동

은밀하게 우리를 감싸는

달콤한 조율, 끝없이 펼쳐진다

네가 나를 채울 때

내 이름을 부르며 다가오는

그 떨림 속에 숨겨진 약속

서로를 잃지 않기를

잠식

독이 든 사과 같은 네 말에
모든 것이 흔들리고
나는 네 그림자 속에서
조금씩 사라져 간다

네가 펼친 세계는
달콤한 유혹의 미로이며
매번 내게 손짓하며
더 깊숙이 끌어당긴다

사랑의 가면을 쓰고
조용히 묶어 놓아
아름다운 거짓으로
나를 채우고 또 비워 낸다

진실과 거짓의 경계에서
나는 그 속에서도
너를 갈구하고 있다

밤하늘의 별들처럼
네가 내린 모든 말은
이미 나를 넘어

장난처럼 재미있게
내 마음을 두드리고
나는 그 속에서
너의 것이 되어 갔다

오늘 밤

그윽한 어둠 속에서
서로를 향해 눈을 감아

서늘했던 감정들이
서로의 온기에 녹아내려
마음 깊은 곳에서 같은 온도가 된다

달빛을 가린 창
조용히 입 맞추는 그 한 순간에
모든 것이 잊혀져

네 눈동자 속
서로의 눈 속에서 서로를 본다

랑데뷰

가까운 곳에서 호흡이 맞춰지는 사이
뜨거운 공기로 앞이 희미하다

손이 만날 때마다 그 감촉으로
모든 것을 안심시키고 향기가 소리친다

이제는 충분하지 않아, 그 이상을 원한다
더 가까이 네게. 더 가까운 곳에서
호흡이 서로를 닮아간다

천천히 부드럽게 거칠게
비밀스러운 우리만의 만남으로

너와 나의 지점은 이곳이다

공백

흐릿한 달빛이 떨어지고
별이 수놓인 바다에서
파도가 바다를 삼킨다

바람에도 지워지지 않는 깊은 자국을 남겨
그 자리 위에 깊게 파여
밤의 바다는 다시는 예전 같지 않다

너 없는 이 바다는 차가워만 가고
헤엄치던 나의 마음도 어디론가 떠돌아
잃어버린 항로에서 나 홀로 버티고
고통과 회한의 파도는 가슴 속 깊이 파고든다

가끔은 너를 잊을 듯하면서도
기억의 파도는 점점 더 거세게 몰아치고
너의 자리를 채울 수 없는 밤의 바다는
어둠 속에서 더욱 짙어지기만 하고
그리움에 잠긴다

밤마다 너를 부르는 이 바다에서
내 마음을 헤집는 파도는 떠나지 않고

늘 같은 자리에서
같은 깊이에서

그 누구도 채울 수 없는
너의 빈자리를 안고 산다

언제나 그렇듯I

가을 노을 아래 나무가 조용히 서 있고
그 잎사귀 떨어지는 소리조차 들리지 않는다.
노을 속 물결처럼 흐르는 시간 속에서
가지마다 누적된 기억의 흔적들이
한 줌 바람에 흩날려 조용히 사라져 간다.

겨울에 내린 눈바람이 파동치듯
그대 이름이 내 입술에 닿을 때마다
내 심장은 깊은 곳에서 심한 진동을 일으킨다.
그 진동에 실려 온 추억들
눈을 감으면 어렴풋이 그대가 서려 있다.

계절의 흐름을 타고 느린 시계바늘처럼
우리가 나눈 시간들을 조심스레 간직하며
시간 속의 쉼터에서 그대를 기다린다.
희미해지는 사진 속의 색감처럼
선명한 기억도 시간에 씻겨 가지만
변치 않는 것들은 여전히 마음 깊숙이
그대 숨결로 내내 살아 있다.

매년 봄이 오면 다시 피어나는 꽃처럼
시간 속에 새겨진 그대의 모습은
변함없이 같은 자리에서 나를 울린다.

언제나 그렇듯II(환절기)

언제나 괜찮을 줄 알았다

마치 시간이 지나면

모든 게 자연스레 낫는 감기처럼

하지만 막상 그 날이 오면

마음은 여전히 갈피를 못 잡아

환절기에 걸린 감기처럼 쉽게 낫지 않는다

코끝이 시큰거린다

가슴은 감기 기운에 찢어질 듯 아파온다

기억 속 네 모습이 떠오를 때마다

따뜻했던 날들이 그리워지고

찬 바람에 한층 더 서글퍼진다

그리움은 마치 끝나지 않는 기침처럼

끊임없이 나를 괴롭히고

그 안에서 힘겹게 버티고 있다

언제쯤 이 아픔이 사라질까

언제쯤 내 마음이 평온해질까

하지만

환절기는 지나갈 것이다

그러니 조금만 더 버텨

이 계절이 지나가면

분명히 따스한 봄이 올 테니까

달은 항상 내 곁에 있음을

어제의 추억은 시간의 강에 흘러가고
태양을 따라 순환하는 별무리처럼
나는 끝없이 돌고 돌며 그대 곁에 있다

반복해서 속삭인다
무한한 사랑을

저 달이 지구의 궤도를 돌듯
그대의 얼굴이 달빛에 비치며 나를 비춘다

너의 미소가 달 위로 흘렀던 밤
그 빛은 이제 나의 어둠 속 유일한 위로이다

조용히 사라져 멀어지는 듯해도

달이 내 곁에 머물 때마다

환희가 아직 내 마음 속에 살아 숨 쉰다

반복해서 속삭인다

무한한 사랑을

중력

끝없는 우주를 헤매는 별
항상 너에게 이끌려
부서져도 흩어져도
계속 네게로 향해 간다

정해져 있지 않은 궤도를 따라
네가 있는 곳으로 무작정 날아가
네 눈빛에 빠져 허공에 부딪혀

날개 없이도 날아가는
마음 속 깊은 곳에서 피어오르는 열
무엇도 나를 멈출 수 없다

언젠가는 도달할 그 순간을 위해

사랑이라는 불꽃으로 폭발해도

계속 네게로 향해 간다

다이빙

내 마음을 순식간에 점령해
이 환상 속 여행에 나를 던져 보려 해
숨이 멈춰버려 죽을 수도 있는 곳으로
전에 본 적 없는 신세계로

희미하게 시작된 이끌림이
점점 더 깊이 내 안에서부터
돌이킬 수 없는 깊이로
너에게 빠져들어 가

눈을 뜨고 숨을 쉬며
서로를 향해 한 걸음 더 다가서며
이제는 현실이 된 환상 속에서
서로를 더 깊이 느껴

칵테일

속도조차 따라잡을 수 없는
열정에 너와의 여정에
네가 내게 전하는 색과 향에 취해
내 모든 것을 건다

너는 마치 명작처럼 아름다움을 품고
그 안에서 나는 새로운 나를 발견해
감히 상상도 못한 색들이 내 눈앞에 펼쳐진다
너의 자연스러움이 나를 밀어붙이고
삶을 깊게 마시게 한다

우리가 함께라면
축제 같은 풍경 위를 걷고 춤을 추며
즐거움에 몸을 맡겨 어디로든 흘러갈 수 있을 것 같다

MOON

달이 뜨면
마음의 문이 열려
문 너머로
사랑이 은밀히 스며들어

moonlight 아래
흔들리는 그림자처럼
사랑은
마음속에서 춤을 춘다

달빛은
마음의 열쇠
문을 열고

사랑은

언제나 그랬듯

살며시 들어와

문지방을 넘나드는

설렘의 발자국

마음은 사랑을 품고

문을 지킨다

달빛처럼 은은한

사랑의 불빛

달과 문

조석(潮汐, tide)

나는 혼자 맴맴 돌기만 하는데
너는 나를 들었다 났다
끌었다 났다 당겼다 났다
네 마음대로 내 마음을
고조시켰다가도 저조시킨다

나는 혼자 맴맴 돌기만 하는데
이 끊임없는 파동 속에서
우리는 서로를 향한 끌림을 느끼며
보이지 않는 실로 연결된 듯
사랑의 춤을 추고 있다

내 마음은 밀물처럼 벅차오르고
다시 썰물처럼 가라앉으며
밤하늘 아래서 네가 다가오고
멀어지는 걸 지켜본다

이 파도는 너와 나의 이야기

끊임없이 변하지만
언제나 이어져 있는
그 끌림과 밀고 당김 속에서

나는 너를
너는 나를
향해 흐르고 있다

달을 따라가면 너가 있을까,
말도 안되지만 이렇게라도 너를 만나고 싶다

오늘도 달은 빛나고
헤매는 내 영혼 안에는
그대가 살아 숨 쉰다

시간이 멈춘 듯
하늘에 떠 있는 달을 보며
그대를 향한 애틋함을 계속한다

닿을 수 없는 그대의 손길을 꿈꾸며
매일 밤, 조용히 그대의 이름을 불러본다

가슴 속 깊이 숨 쉬는 그대는
밤하늘에 떠오른 달빛처럼
선명하고 더욱더 너가 보인다

어디선가 들려오는 그대의 목소리에

말도 안되는 환상을 가지고

이렇게 매일 밤을 그대와의 사랑으로 채우고

현실과 꿈의 경계에서 그대를 만나려 한다

하지만 늘 그대는 손에 잡히지 않는 달처럼

내일을 기약하며

또 다른 밤을 맞이한다

바람이 되다

잠시 멈추었던 발걸음

잃어버린 마음의 조각들 사이로

시간이 흘러가는 것을 느끼며

조용히 내 마음 속을 가득 채운 그 풍경

어둠을 밀어내고 펼쳐진 환상

그곳은 깊고 맑은 고요함이 흐르는 곳

두려움을 넘어선 그 순간

내 모든 것을 바람에 실어 보내

이제 그 길 위를 담대하게 걷는다

무거운 내일을 내려놓고서

투명한 빛으로 가득 찬 나만의 공간에서

나는 자유롭게

끝없이 펼쳐질 꿈을 그려 나간다

우리

내게 스며드는 안개처럼

밤새도록 나를 번지게 한다

심장을 울리는 미묘한 울림

불가피한 달콤함

내 영혼을 흔들어 깨우는 네 손길

점점 더 깊은 곳으로 끌려가

늘 그렇듯, 불완전한 완벽함 속에서

저항할 수 없이 빠져든다

이 비현실적인 몽환 속에서

정신을 차릴 수 없는 감각의 무게는

가볍지만 나를 짓누른다

II

난 당신이 필요해요

일신상의 이유

퇴사 이유를 '일신상의 이유'로 적었다. 이곳을 사랑했기에 다시 기다려 달라고 약속했다. 그를 믿었기에, 다시 온다고 했기에 서운한 마음을 감췄다. 시간이 지나면 '일신상의 이유'가 해결되겠지 싶었다. 당연하니까 믿었다. 늘 그래 왔기에, 그의 진심을 보았기에. 그러나 그는 평생 돌아올 수 없게 되었다. 조용하고, 무겁게. 그 무게를 감당할 힘이 되지 못했다. 과거의 벽은 너무 높고 단단했다는 것을 뒤늦게 깨달았다.

차단

아무런 대답이 없다

나에겐 아직 아무 준비가 안 되어 있다

말주머니가 공중에 둥둥 떠다니고 있다

내 자신이 불쌍하여 공허한 손짓으로 허공을 휘젓는다

손에 닿지 않는 너의 모습은 더 이상 찾을 수 없다

마치 죄인이 된 것처럼 찾으면 안될 것 같다

나는

평생

속죄하는 마음으로

풀지 못한 문제를 가지고 있다

자장가

그날의 밤은 유난히도 외로웠다. 고요한 방 안에서 침묵만이 울려 퍼지는 가운데 손가락이 스스로의 무게를 견디지 못했다. 그가 왔다. 불현듯 찾아온 안식은 마치 겨울바람 속으로 파고든 따스한 햇살이다. 그의 목소리는 포근했고, 내 심장 위로 부드럽게 내려앉으며 속으로 스며들었다. 떠나지 말라고 애원하듯 말했다. 그가 머문 온기는 방 안을 가득 채웠다.

꿈 I

무거운 밤 공기가 느껴진다. 별이 추락하다. 낯선 꿈을 꾸었다. 붉은빛 세상에서 내 안의 광기가 너에 의해 깨어난다. 네 손길에 이끌려 잔혹한 춤을 춘다. 깨어난다. 벗어나야 하나. 깨어난다. 벗어난다. 춤을 춘다. 붉은 장미에 불을 지폈다. 푸른색으로 활활 타오르고 있다. 뜨거운 태양보다 더 뜨거운 밤하늘. 모두 사라졌다. 살인의 그림자 속에서. 거울 속에 비친 양면의 나. 어느 쪽이 진짜일까? 헤매고 헤맸다. 가끔은 나조차도 몰라 내 마음속 깊은 곳의 혼란이 있다. 그림자 속에 갇혀 있다. 몽상 속 발걸음이라면 깨고 싶지 않다. 그냥 여기에 갇히고 싶다.

꿈II(불면증)

깊은 자정
짙은 불면증 속에서

이별의 그림자가 오랜 밤을 덮고
아무리 애써도 꿈꿀 수 없는 그날의 기억
그날에 멈춰선 내 마음은 같은 공간에 머물러

너의 미소가 다시 떠오를 때면
가만히 날 바라보며 웃던 너
멍하니 서있던 내 몸이 움직여
한 걸음 뒤 넌 사라지고 손엔 잡히지 않는 너

어둠이 짙어질수록 내 감각은 날 깨우고
강렬한 불빛과 거대한 소음 속에서
눈을 감고 너를 향해 나아가네

내게 그 사랑을 그 열정을 줘
너의 숨결까지 느끼고 싶어
정적만이 번지는 세상 속에
여전히 소란한 내 마음

깊게 잠 못 드는 채로
널 그리고 부르며

어디쯤인 걸까
얼마나 온 걸까
어쩌면 아직 제자리
잃어버린 길 사이에서

억지로 눈을 감아봐도
여전한 그 빈자리
지울 수 없는 아픈 흔적
더 깊게 남겨진 너

깊은 자정

짙은 불면증

멈춰버린 시간 속에 난 너를 꿈꾸네

너와 함께 있고 싶어 닿을 수 없는 오늘도

달리고 달려도 움직이지 않는 다리

새카만 밤은 마치 사막의 모래처럼 날 삼켜

고장 난 나침반의 끝엔 너라는 태양이 걸려있는 것 같아

한 번만이라도 네 곁으로

두 눈 감고 손을 내밀어

날 안아줘

빛이 사라진 세상 속에서도

여전히 선명한 네 감각

너의 흔적은 날 부르고 깨워내

깊은 어둠을 지나며
영원히 갇혀버린 이 밤
허락되지 않는 안녕

끝없는 사막 속에
나는 여전히 너를 찾고 있어

깊은 자정
짙은 불면증 속에서

상처보다 더 큰 사랑

우리는 서로에게 주고받은 상처의 증인이다. 마음의 깊은 곳에서 울려 퍼진 너의 말이 나에게는 찢어지는 아픔의 눈물이었다. 예쁜 꽃만 피우리라 다짐했건만, 사랑이라는 이름의 욕심이 뒤엉켜 가시를 돋웠다. 네가 그 말을 꺼내는 게 얼마나 힘들었을지, 상처의 무게가 내 가슴을 짓누른다. 그럼에도 너는 나와 함께라 따스함이 가득했고, 폭풍이 몰아쳐도 살 수 있다고 했다.

마지막 선물

황홀했던 그때

영원 같던 순간들

환상을 꿈꿨던 빛깔의 느낌

슬픈 미소 속엔

마지막이란 진실을 몰랐다

사진 한 장으로 남긴

너를 기다렸던 수줍은 내 모습

가끔 펼쳐 볼 때

내 마음은

여전히

살아 숨 쉰다

안부

우리는 이 길을 걸으며 배워
서로의 손을 잡았다 놓았다 반복하며
슬픔 속에 눈물 흘릴 때도 있지만
알아, 머지않아 다시 마주칠 그날을

분명 다른 시간에도 우리는 만났을 테지
기다림은 결국 환영의 웃음으로 바뀔 테니
지금보다 더 큰 기쁨으로

너를 다시 만날 그 순간을 그리며

상자의 고백

미소를 띠는 네 눈이 나를 비춘다.

내가 남긴 이야기들이 가득하다.

네 눈빛은 내 안을 가득 채워

나를 환하고 빛나게 만들어준다.

네가 나를 잊어서 내 위에 먼지가 쌓인다 해도 난 널 원망하지

않는다.

그저 너의 행복한 웃음을 그리워할 뿐이다.

상실의 숭고

이별은 단지 걸림돌이 아닌
우리 존재의 일부일 뿐이다
잃어버린 슬픔과 그리움이
나의 하루 속으로 천천히 스며든다

사랑의 빛은 시간에 따라 옅어질지라도
그 감정은 결코 사라지지 않을 것이다
너의 기억이 떠오르면 마음 한구석이 저려온다

사람들은 말한다
시간이 모든 것을 치유한다고

그렇다
시간은 많은 것을 감싸주지만

내 깊은 마음속 너의 흔적은

영원히 남아 있다

잃어버린 것들의 그림자 속에서

나는 여전히 너를 그리워하며

시간이 흐르더라도

네가 남긴 것은

내 안에 깊게 있다

조용히,

그러나 강렬하게

가벼운 마음

우리 집 침대 옆 박스가 쌓여 있는 것을 볼 때마다
마음이 가볍다
저마다 행복하게 살고 있는 것 같은 그들을 볼 때면 마음이 가
볍다
나는 혼자다
그래서 가볍다
냉장고 문을 연다
아무것도 없다
냉장고도 가볍다
습관적으로 핸드폰을 손에 꽉 쥐고 있다
이 무거운 세상 속에서 나는 너무나 가볍다
그래서 어디로 날아가 사라져버릴 수도 있다
영영 사라진다 해도 아무도 모를 것이다
눈물도 가볍다
너무 가벼워서 계속 떨어진다

감싸주고 싶은 어제의 과거

보이지 않는 어둠 속에 떠밀려 무너진 나무
그 위에서 바라보는 푸른 하늘

서른이라는 하늘 위를 떠돌던 나
지나간 태풍과 다가올 폭풍에 시달리는 나

그 속에서, 잊힌 꿈을 찾고
어제의 미래에 대한 아슬아슬함을 느꼈다

서른이 넘은 내 감정의 고백
그 속에 예상치도 못한 세상이 나타났다

오늘의 미래에 흔들리지 않는 나무
마지막 가지를 떼고 더 높은 하늘을 향해

행복한 거짓말

나의 외로움을 아무도 몰랐으면 좋겠다

알게 되면 다들 놀라서
도망갈까 봐

부담스러워서
도망갈까 봐

나의 외로움을 아무도 몰랐으면 좋겠다

모두 내가 행복한 사람으로
기억했으면 좋겠다

그것만이 내가 줄 수 있는
가장 큰 선물이다

새로고침

갈 길을 잃고 혼란스럽게 서성이는 나
선택의 여지마저 없이 갇혀 버려
나가면 다시는 돌아올 수 없을까 두려워
계속해서 그대로인 채 갇혀 버려

이도 저도 할 수 없이 멍하니 바라보다
병에 걸려서야 이곳을 벗어나
외로운 길을 걷는다

반복되는 세상 속에서
잃어버린 나를 찾아서
조용히 서서히
새로운 세상으로 나아가다

나를 위해, 너를 위해

잠긴 뚜껑 아래
수증기는 어루만지듯
온기를 간직한다

비밀은 무게를 더해
금고 속 깊이 묻은 보석처럼
반짝임을 숨긴다

심연 속에 가라앉힌
그 한 조각 신뢰를
어찌 다시 꺼내는가

서랍에 꽂힌 열쇠

흔들림 없는 그 마음

보이지 않는 장벽에

안도의 숨을 쉰다

어떤 존재

방향 잃은 고장난 나침반
바람결에 실려 어디로 가나
묻고 또 묻지만
답 없는 메아리만이 돌아온다

가느다란 실 하나에 매달려
조각난 퍼즐을 맞추려 애쓰는데
조각은 어긋나고
마음은 아슬아슬하다

소중함에 몸을 던져
아득히 느껴지는데
내가 할 수 있는 건
내 길을 걷는 것뿐

풀린 신발끈처럼 느슨해진 손

헤어짐의 무게에도 더 이상 움켜쥐지 않아

자유를 향해

빛나는 길을 혼자 걸어간다

보고싶다

텅 빈 거리를 걸으며
어제를 떠올리고 내일을 상상한다
분명한 건 변함없는 변화뿐

눈물의 무게를 어깨에 지고
가슴의 공허를 채우려 애쓰며
어차피 흐르는 시간 속에서
잊힐 이름으로 남겨질 테니

가끔은 그 사이에서 멈춰 서서
오래된 기억의 페이지를 넘긴다
모든 말을 담아낼 수 없어서
더 이상 페이지를 넘길 수 없다

마음속 깊은 곳에서만 울려 퍼지는

이 말 한마디

계속되는 속삭임으로

이것이 내가 할 수 있는 전부

정원의 피

붉은 피 속에서
자유를 품으며 자태를 뽐낸다

서로를 밝히는 채
아름다움의 찬란함을 함께하여
더욱 도드라진다

가시가 있다 해도 두렵지 않다
진정한 아름다움을 가지려면
그 아픔조차 이겨내야 하기에

절정이 끝까지 닿아 피를 뽐내면
어떤 이는 목을 꺾어버린다

사랑이라면서 자위하는 욕심은
아름다운 것을 아프게 한다

아름다움은 단순한 장식이 아니다
유리병 속 갇힌 삶

지나가는 무관심 속에서
시들어간다
조용히
서서히
외로이

쓰레기통으로 향하는 그 길에서도
고귀한 피는 무시당하며 사라진다

잔혹한 우화

밤을 낮이라고
낮을 밤이라고
떠드는 멍청한 살인자
씹음질 속에서 진실은 피를 토하며 썰린다

무식한 짐승의 혓바닥
날카로운 혀가 달린 손으로
무고한 자의 살을 찢어놓고 모른 척한다

무식이 죄라 했던가
그 죄를 어찌 씻을까
혓바닥을 잘라내 버리면
그 살인도 사라질까

멍에를 씌우고 싶어서

아픔에 흥미를 느끼며

무리지어 몰려다니며

영혼까지 물어뜯는다

그러다 진실이 나타나면

뼈밖에 안 남은 자를

실체 없는 공기처럼

보이지 않는다 한다

얼마 가지도 않아 걸신들린 듯

굶주림을 참지 못하고

또 다른 먹잇감을 찾으러 떠난다

압통(Tenderness,애정)

사랑의 깊이가 어둠을 뚫고
블랙스완이 고통의 날개를 펼치며
검은 물결이 휘몰아친다

네 다정한 밤의 날갯짓은 살며시
그러나 강렬하게 내 심장을 눌러
비극을 빚어낸다

그러나
네 다정함이
나를 무르게 하고 부드럽게 한다

너는 내 운명을 새기는 조각가
나는 네 창조물

나는 산산조각이 나버렸다

네 품 안에서 깊게 파고들고 있다

이 고통이 영원하게

조금만 기다려 주세요

항상 너를 만나러 가는 길에 생각한다
길 위에서 바람이 나를 휘감아
너를 보지 못하면 어쩌지

난 널 마지막으로 기억하고 싶다
그러니 하늘이여
조금만 더 시간을 내게 허락해 주세요

주머니 속 전화기처럼
심장은 끊임없이 진동하고
그 위에 쌓인 메시지처럼
마음은 들뜸과 불안으로 가득 차 있다

하지만 너를 만나면

그 모든 진동과 메시지는

읽고 삭제한 문자처럼 사라지고

새로운 시작만이 느껴진다

다행이다

너를 만나서

매일을 여행 중

홀로 떠나는 길, 낯선 도시의 풍경 속에
그대와 함께했던 기억들이 스쳐 지나간다
길모퉁이마다 남겨진 추억의 조각들
긴 여행의 끝에 우리가 다시 만날 그날을 꿈꾼다

아주 먼 훗날, 여행을 마치고 돌아올 때
서로의 이야기를 풀어놓으며
잔잔한 미소가 오가길 바란다
따스한 눈빛 속에서 나누며

그대와 나, 서로 다른 길을 걸어
때로는 험난한 여정에 가슴이 무너지기도 했지만
모든 순간이 우리를 성장시켰고
결국엔 같은 하늘 아래 다시 만난다
지친 발걸음으로 돌아왔을 때

그대와 마주하는 순간

우리의 여행은 새로운 의미를 찾아

너를 닮은 별들이 춤춘다

가끔 눈을 감고 음악을 들으면

깜깜한 눈앞에서도 그는

하늘에 박힌 보석처럼 별처럼 빛난다

철썩철썩, 파도 소리가 들려와

소리의 색과 향이

내 마음 깊숙이 스며든다

마치 그가 바닷가에서 여행 중인 듯

소리의 파동 속에서 그 순간이 전해진다

바람에 실린 바다 내음과

파도의 리듬이 내 가슴속에 울려 퍼진다

그대가 들려줄 바닷가의 이야기

끝없이 펼쳐진 모래사장
잔잔한 파도가 속삭이는 꿈결 같은 순간들
그곳에서의 자유와 평화

소리의 색채 속에서 향기가 피어나
보이지 않아도 느껴지는 그의 존재
언젠가 다시 만날 날을 기약하며
음악 속에서 우리는 다시 연결된다

그가 전해줄 바다의 이야기

소리로 그려낸 풍경과 감정의 향연
그 순간들을 마음에 품고

오늘을 살아간다

그래, 언젠가 우리 다시 만나

긴 여행의 이야기를 나누며

마음의 빛과 그림자가 교차하는 그날이 올 때까지

서로를 떠올리며

오늘을 살아간다

어디에 있어도 찬란하게 빛나는 당신

그곳에서도 여전히 눈부시겠지요.

홀로 떠난 여행, 즐겁게 하고 있나요?

이곳은 잘 지내고 있어요.

이제 막 시작이라며 다짐하고 있어요.

당신이 많이 그리워요.

하지만 어디서든 빛날 당신을 생각하면

마음이 잔잔하게 물결쳐요.

파도 소리가 들려요.

철썩철썩, 물결이 춤추는 소리.

당신은 해변을 걷고 있군요.

태양보다 더 눈부신 당신,

나는 오직 당신밖에 보이지 않아요.

바다는 파도 소리만 들려줄 뿐.

아침 커피를 마시며

새벽의 서늘함 속에서 서서히 풀어지는 기억들. 그 뜨거움이
숨겨진 차가운 도자기 속 비밀처럼 손끝에서 녹아내리는 아침
햇살의 따뜻함으로. 조용히 앉아 그곳에서 퍼지는 웃음은 마
치 고요한 아침의 향기처럼 향긋한 휴식이 공간을 채우는 그날
처럼, 부드러운 안식의 쿠션에 시간을 거스르듯. 이 조용한 공
간 속에서 조금 더 오래 머물고자 함께할 수 있다면, 이 품 안
의 고요를 채울 수 있을 텐데. 아침 커피를 마시며 테이블을 밝
히는 은은한 등불처럼 현실의 실루엣이 다가와 눈을 뜨면, 이
곳 창가에 내려앉은 서리가 따스함을 그리워하며 추위를 녹이
듯 나의 슬픔도 해소되고, 한 조각의 미소를 안는다. 마지막 한
방울이 컵에 남아 남겨진 얼룩처럼 서서히 사라져 가고, 아름
다운 향기처럼 기억의 잔상을 품는다.

블루의 그리움

그대는 푸른 잉크, 내 마음에 스며드는
어두운 밤의 서정 속에 물든 글자들
잊혀지지 않는 문장들로 남아
서늘한 그리움의 색을 더한다

푸른 연기, 허공에 흩어지며
지워지지 않는 향기로 남아
기억의 골목마다 감싸는 그대
그리움은 여전히 짙게 번져간다

창가에 머문 푸른빛, 오래된 램프처럼
아련한 불빛 속에 담긴 시간들
그대와의 순간들이 고스란히 담겨
슬픔 속에서도 따뜻하게 빛난다

푸른 실로 엮은 그리움의 옷자락
그대의 흔적을 품고 걸어간다

초연하게, 그러나 깊이 베인 슬픔
내 마음속, 영원히 지지 않는 푸른 그리움

여름의 소리

여름 새벽, 좋은 온도, 좋은 내음
여름의 새벽 소리는 너무나 고요해서
내가 가장 사랑하는 시간이다a

온전히 나만의 시간
유일한 휴식
그래서 내가 일찍 일어나는 이유인가 보다

하늘에 붉은빛이 차오르면
내가 아는 아침의 색이 물들어간다

새들이 울기 시작하면 모든 것을 멈추고
그것에 집중하게 된다
새벽아침부터 곱고 곱다

여름 새벽의 시원함은

어느 무엇과도 바꿀 수 없는 공기다

하늘에 물든 색은

어느 물감도 표현할 수 없는 색이다

새벽에 우는 새소리는

어느 악기도 표현할 수 없는 소리다

나무의 풀 내음은

어느 조향사도 만들 수 없는 향기다

나뭇가지에 난 풀잎은

어느 정원사도 표현할 수 없는 모양이다

이제 차 지나가는 소리가

조금씩 들린다

이 분주함 속에서

여름의 소리는 점점 사라진다

나도 서서히 볼륨을 높힌다

문을 열고 나가면

뜨거운 태양이 있어서
너를 데리러 가고 싶어

부드러운 바람 속에서
너를 꼭 안고 싶어

보슬보슬 비가 내리면
너의 우산이 되고 싶어

따뜻한 봄볕이 내리면
같이 눕고 싶어

바다가 보이면
같이 들어가고 싶어

누군가에는 당연한 것들이

나에게는 아무 것도 할 수 없어서

누군가는 나를 동정하겠지만

그 누구와고는

할 수 없는 일이라

그 누구도

나를 동정할 수 없을거야

비의 기억

비가 짙게 퍼지는 공기 속
짙은 소나무를 한숨에 마셔
목구멍을 타고 내려가는 뜨거운 열기

머릿속에 남은 너의 잔향
코끝을 스치는 달콤한 향기
뜨거운 열기에 녹아드는 순간
나는 기억을 헤매는 듯해

길을 잃은 듯한 향기의 춤
잡힐 듯 잡히지 않는 허상
영원히 식지 않는 이 기분

어지러운 마음속

몽롱한 기분에

나는 또 빠져드네

말문이 막히는 순간에도

혀 끝에 은은하게 남는 허브의 향

너의 향기를 상상하지 않을 수 없어

너에게 빠져드는 이 기분

환상의 향기 속에 나는 너를 느끼네

짙고 묵직한 소나무의 향

비와 함께 스며드는 기억 속 너

강렬한 너의 향이 나를 감싸네

그 속에서 나는 너를 찾네

저자의 말

행복할 때나 힘들 때나, 좋을 때나 하늘을 봅니다. 하늘을 보면 꼭 달을 찾게 됩니다. 날이 흐려 달을 찾지 못하면 아쉬운 마음이 들곤 합니다. 그러나 밝은 달을 찾으면 괜히 누군가와 함께 있는 기분이 들어 외로운 마음도 슬픈 마음도 조금은 털어놓고 의지하게 됩니다. 당신도 이 달을 보고 있기 때문입니다.

아름다운 것을 보면 영원할 것 같지 않다는 걸 알기에 더 조심스럽고 어쩔 줄 몰라 합니다. 너무 겁먹지 말고 그냥 있는 그대로 즐기고 아끼며 사랑하는 게 좋을 것 같습니다. 자신 있고 후회 없이 사랑하는 것만큼 더 아름다운 일은 없습니다. 시간은 다시 오지 않고, 되돌릴 수 없기 때문입니다.

아름다운 것을 따라갔다

2024년 7월 31일 초판 1쇄 발행

지은이 유안

펴낸곳 숨나무

이메일 sky93411@gmail.com

　　　　wtr.yuan@gmail.com

인스타그램 @soomnamu

　　　　　@yuan.soom

ISBN 979-11-986579-1-6